La marmaille de la reine

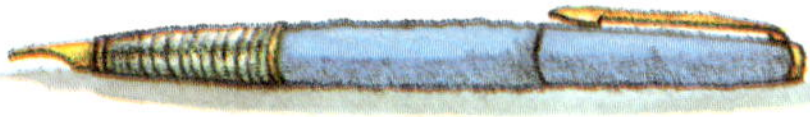

Agnès Bertron est née en 1960 à Saint-Germain-en-Laye. Aujourd'hui, elle habite dans le Sud de la France avec ses quatre garçons. Après avoir longtemps rêvé d'être médecin, elle s'est orientée vers des activités littéraires et artistiques. Elle aime écrire et interpréter des spectacles pour enfants. Mais ce qu'elle adore avant tout, c'est s'occuper de sa famille.

Du même auteur dans Bayard Poche :
Flora, chanteuse d'opéra - Mousse et Toupet vont à l'école (Les belles histoires)

Roser Capdevila vit à Barcelone, où elle est née en 1939. Dès l'enfance, elle se découvre une passion pour le dessin et tout naturellement s'inscrit à l'école des Beaux-Arts. Elle enseigne l'art graphique en Espagne, puis crée des impressions sur tissu. C'est en 1980 qu'elle commence à illustrer des livres pour enfants, édités dans plusieurs pays, notamment en France, chez Nathan, Casterman, Bayard Éditions, et à collaborer aux publications de Bayard Presse.

Du même illustrateur dans Bayard Poche :
L'angine de Maman - Élodie Ciseaux -
Flora, chanteuse d'opéra (Les belles histoires)
Drôles de contrôles - Drôle de colo - Drôle de cadeau (J'aime lire)

Bayard Éditions est une marque
du département Livre de Bayard Presse

ISBN 2.227.72831.0

La marmaille de la reine

Une histoire écrite par Agnès Bertron,
illustrée par Roser Capdevila

Deuxième édition

BAYARD ÉDITIONS

Depuis qu'elle est mariée,
la reine s'ennuie terriblement !
Pourtant,
elle aime tendrement le roi.

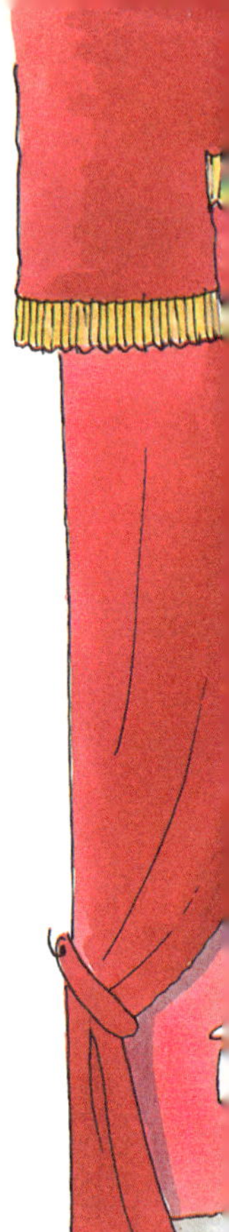

Mais la reine trouve
le palais doré glacé,
les serviteurs zélés démodés,
les arbres du parc trop droits.
Quant aux soldats du roi
marchant au pas,
elle les trouve tristes à pleurer.

Enfin, une nuit,
la reine met au monde un enfant.
À la naissance
de ce premier bébé,
la reine pousse
un cri de joie :
– Mon ami, mon roi,
regardez !

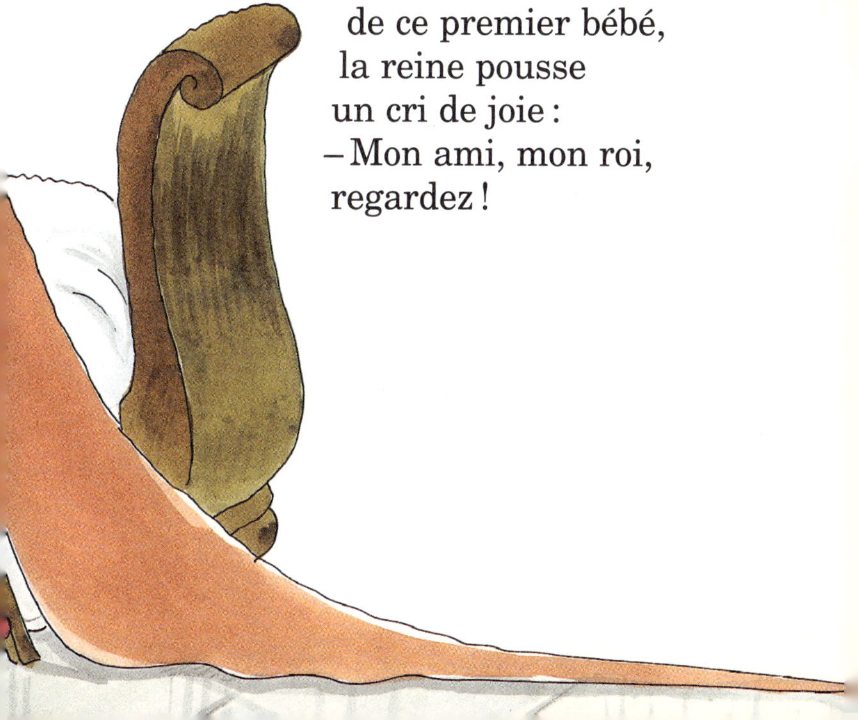

Que cet enfant est beau,
qu'il est trognon !
Voilà qui vaut tous les trésors.
J'adore les enfants.
J'espère que nous en aurons
énormément !

Ils en eurent douze, exactement,
les uns après les autres, évidemment.
Des filles et des garçons,
des bruns et des blonds.

Ils appelèrent les garçons
Arthur, Achille, Alceste, Albert,
Armand et Arnolphe.
Ils appelèrent les filles
Béatrice, Blandine, Bettina, Bénédicte,
Bérangère et Bertille.
Voilà le roi et la reine
à la tête d'une belle marmaille* !

* Ce mot est expliqué page 44, n° 1.

La reine est folle de joie.
Et elle aime tellement ses enfants
qu'elle décide
de s'en occuper elle-même.
Elle refuse la cuisinière,
la nourrice, le précepteur*
que veut engager son mari.
Elle nourrit ses bébés,
elle leur fait des baisers,
elle nettoie leurs petites fesses potelées,
elle gazouille avec les derniers-nés :
« areu-areu » et « bouzi-bouzi ».

* Ce mot est expliqué page 44, n° 2.

Quand il entend ça, le roi lui dit :
– Majesté, quel langage pour une reine !
Mais la reine lui répond :
– Très cher, laissez-moi faire.
Je sais parler aux bébés !

Pour ses enfants
hauts comme trois pommes,
la reine prépare
des repas royaux
et elle rit aux éclats
quand elle reçoit
de la purée de carottes
sur sa robe de satin.

Le roi est gêné :
– Majesté, quelle tenue pour une reine !
Mais la reine répond :
– Mon roi chéri,
un peu de patience,
c'est difficile d'apprendre à manger,
vous savez !

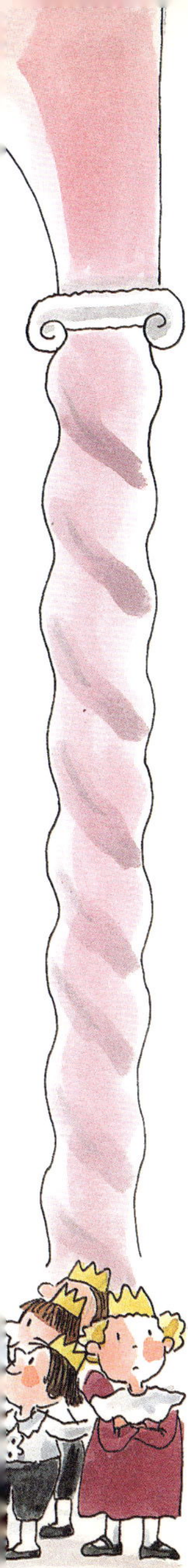

Avec ceux qui savent
marcher et courir,
la reine fait la course
dans les couloirs,
elle descend même
l'escalier sur la rampe !
Les enfants dessinent
sur les murs du palais,
ils sculptent les arbres du parc,
ils creusent des galeries
dans les pelouses...
Les soldats rient
et la reine est ravie.
Elle est très fière
de sa marmaille !

Le soir,
quand tous les enfants sont couchés,
la reine dit au roi :
– Nous avons des enfants merveilleux,

et ce palais est enfin plein de vie !
N'est-ce pas votre avis ?
Et le roi marmonne :
– Oui, oui...

Mais un jour,
Bertille découpe en morceaux
les habits d'apparat de son papa.
Alors là,
le roi pique une énorme colère.
Il crie à la reine :
– Majesté, c'est assez !

Votre marmaille a fait de ce palais
un taudis* !
Vous ressemblez à une clocharde* !
Vos enfants chéris
braillent dans mes oreilles !
C'est moi le roi, et j'ai décidé
que tout allait changer !

* Ces mots sont expliqués page 44, n° 3, et page 45, n° 4.

La reine, horriblement vexée, s'écrie :
– Puisqu'il en est ainsi, je pars,
et ma marmaille aussi !
Elle rassemble ses enfants
et s'en va droit devant elle
après avoir claqué bien fort
la porte du palais.

Le roi est d'abord soulagé
d'avoir enfin un peu de calme.
Mais quand le soir vient,
il a des regrets de s'être emporté
et il fond en larmes
en pensant à sa pauvre reine
et à ses douze enfants
seuls dans la nuit.

Alors il envoie ses serviteurs
et ses soldats à leur recherche.
La reine a trouvé refuge
dans une bergerie
avec toute sa marmaille.
Elle est furieuse contre son mari le roi :

– Quel affreux mari !
Quel affreux papa !
Les enfants ne sont pas de cet avis.
Ils réclament leur papa-roi,
et ils se mettent tous à pleurer
en disant qu'ils veulent rentrer.

Mais pendant ce temps,
les brigands du pays
ont appris que les serviteurs
et les soldats
sont sur les routes
et que le roi est seul.

À l'aube, ils entrent chez le roi.
Ils le ligotent bien serré
et ils pillent* le palais.

* Ce mot est expliqué page 45, n° 5.

La reine,
après une très mauvaise nuit,
s'est décidée à rentrer.
Elle arrive
juste à ce moment-là.
Sa marmaille chuchote,
sa marmaille complote*.

* Ce mot est expliqué page 45, n° 6.

En un clin d'œil, à pas de loup,
la reine et ses enfants font provision
de purée, de peinture,
de terre et de confiture.
Ils se déguisent
en monstres dégoulinants.

Ils envahissent le palais,
ils sautent en hurlant
sur les brigands.
Aussitôt, les voleurs,
verts de peur,
déguerpissent en claquant des dents.

Quand serviteurs et soldats
rentrent au palais,
désolés de n'avoir pas retrouvé
la reine et ses enfants,
tout est déjà arrangé.

Le roi a félicité la reine
d'avoir habitué ses enfants
à trouver d'aussi bonnes idées !
Et tout le monde s'est lavé,
embrassé, réconcilié.

Car dans la vie,
un peu d'ordre et quelques règles,
ça n'empêche pas la fantaisie !
Arthur, Achille, Alceste, Albert,
Armand et Arnolphe,
Béatrice, Blandine, Bettina, Bénédicte,
Bérangère et Bertille
l'ont bien compris aussi.
Et désormais,
il n'y a pas plus fier de leur marmaille
que la reine et le roi !

LES MOTS DE L'HISTOIRE

1. Une **marmaille** est un groupe d'enfants nombreux et bruyants.

2. Un **précepteur** était comme un instituteur. Il faisait travailler chez eux les enfants riches qui n'allaient pas à l'école.

3. Un **taudis** est un logement misérable, une maison mal tenue.

4. Une **clocharde** est une femme qui n'a ni travail ni logement.

5. **Piller,** c'est voler en abîmant tout.

6. **Comploter,** c'est préparer quelque chose en secret.

Les belles histoires,

de Bayard Poche, c'est une série de livres pour rire, s'émouvoir et rêver.

Des livres d'humour

Les mots de Zaza **(BH 25)**

Zaza est une souris rigolote qui collectionne... les mots. Les petits, les moyens, mais aussi les gros... Ceux qui font scandale et froid dans le dos !

Écrit par Jacqueline Cohen et illustré par Bernadette Després

Des livres sur la vie, ses joies, ses peines

Poulou et Sébastien **(BH 17)**

Ils sont si différents qu'ils n'auraient jamais dû se rencontrer. Mais l'amitié, ça peut être aussi un coup de foudre !

Écrit par René Escudié et illustré par Ulises Wensell.

Des livres où les animaux sont les héros

Mic la souris **(BH 5)**

Trouver une maison de souris, ce n'est pas facile quand le soulier et le cartable ont déjà des locataires

Écrit par Anne-Marie Chapouton et illustré par Thierry Courti

Et aussi des contes, des histoires fantastiques, du frisson...

Tous les mois, la lecture plaisir avec le magazine de ton choix

Les Belles Histoires
Dès 3 ans.
Une ***belle histoire*** *qui arrive tous les mois, c'est une chance de plus de partir chaque soir dans de nouvelles aventures extraordinaires. Avec en supplément des jeux, des chansons et les héros espiègles : Charlotte et Henri.*

Pomme d'Api
Dès 3 ans.
Avec Petit Ours Brun, Mimi Cracra et compagnie, envole-toi à la découverte du monde ! Il n'y a pas mieux que les histoires, les jeux et les surprises de ***Pomme d'Api*** *pour rire, s'amuser, inventer.*

Youpi
Dès 4 ans.
De la maternelle au CE1.
Est-ce le vent qui fait avancer les avions ? Pourquoi il pleut ? Pour tout savoir sur l'histoire, les animaux, les sciences et la nature, retrouve tous les mois ***Youpi*** *le petit curieux.*

Si tu veux recevoir un magazine en cadeau ou t'abonner, tél. : 01 44 21 60 00

Achevé d'imprimer en Octobre 1998 par OBERTHUR Graphique
35000 RENNES - N° 1873
Dépôt légal : Août 1998 - N° Editeur : 4229
Imprimé en France